GABRIEL BEAU

LES ÉPHÉMÈRES

PARIS
LIBRAIRIE DES BIBLIOPHILES
Rue Saint-Honoré, 338

M DCCC LXXIII

LES
ÉPHÉMÈRES

DU MÊME AUTEUR :

Le Congrès des peuples, poëme. . . . . . . » 50 c.

POUR PARAITRE PROCHAINEMENT :

Fauvette, roman. Un volume.
Chants d'amour et de paix, poésies. Un volume.

GABRIEL BEAU

LES ÉPHÉMÈRES

PARIS
LIBRAIRIE DES BIBLIOPHILES
Rue Saint-Honoré, 338

M DCCC LXXIII

LES ÉPHÉMÈRES

SUR les bords fleuris du Gange,
L'aurore aux cheveux bouclés
Fait chaque jour de la fange
Surgir des êtres ailés ;

Êtres légers, éphémères,
Qu'emporte le doux zéphyr ;
Êtres faibles, téméraires,
Qu'un jour voit naître et mourir.

Le soleil les vivifie
De sa puissante chaleur,
Et donne soudain la vie
A leurs membres sans vigueur.

Alors, parmi les prairies
On les voit vivre, emportés
Sur leurs ailes amincies
Et par les vents ballottés.

Tant qu'au haut de sa carrière,
Phœbus verse à larges mains
La chaleur et la lumière
Sur les infimes humains,

On voit ces êtres fragiles,
Grands et vigoureux encor,
Égayer les airs tranquilles
Du feu de leurs ailes d'or.

Mais quand de sa course altière
Le Dieu se sent fatigué,
Et penche sa tête fière
Du bien qu'elle a prodigué,

Ces petits êtres, modèles
De vigueur et de gaieté,
Sentent déjà que leurs ailes
Perdent leur légèreté.

Le soir arrive, ô tristesse!
Le soir arrive à pas lents,
Et la pesante vieillesse
Courbe leurs membres tremblants.

Et quand dans le sein de l'onde
Phœbus a baigné les feux
De sa chevelure blonde,
Et que l'ombre emplit les cieux,

La légère créature
S'évanouit à son tour,
C'est la loi de la nature :
Elle n'a vécu qu'un jour.

Vous aussi, feuilles légères,
Hâtez-vous, doux passe-temps,
Car, comme les éphémères,
Vous ne vivrez pas longtemps.

Sous un rayon de lumière
Vous paraissez ce matin,
Et ce soir votre carrière
Verra peut-être sa fin.

Trop heureux si dans le nombre
Vous frappez quelque penseur,
Et brillez dans la pénombre
D'un reflet cher à mon cœur.

IDYLLE

IDYLLE

Jolie et jeune bachelette,
Gentil corsage et frais minois,
Se promenait toute seulette
Sous l'ombrage d'un petit bois.

Elle avait le doux nom de Rose;
Son pied mignon, sa douce main,
La grâce sur sa bouche éclose,
Tout en elle semblait divin;

Et l'on eût dit que la nature
Avait voulu, pour la parer,
Choisir la forme la plus pure
Que l'on pût jamais rencontrer.

Elle savait bien, la rusée,
Que seule elle ne resterait
Et que lisant dans sa pensée,
Joli berger la chercherait.

Elle savait que de coutume
Le beau Colin par là passait,
Et le cœur rempli d'amertume,
L'oreille au vent, elle attendait.

Tout à coup elle entend l'herbage
Qui, foulé aux pieds, se brisait,
Et voit au travers du feuillage
Une ombre qui se dessinait.

C'est son Colin, sans aucun doute.
Elle veut appeler Colin;
Mais elle tremble, elle redoute
Les piéges de l'esprit malin.

Il n'est plus temps. Dans sa cachette
Un soupir l'a fait découvrir.
Colin s'arrête; elle est inquiète,
Mais il est un peu tard pour fuir.

Son âme est encore innocente,
Elle ne connaît pas l'amour;
Mais quand on est trop imprudente,
Chaque chose arrive à son tour.

Colin enfin l'a reconnue,
Et la joie enflamme son cœur.
A ses vœux s'est-elle rendue?
Va-t-il goûter un doux bonheur?...

Il s'avance, enivré de joie,
De plaisir ne se sentant pas;
Et comme un chasseur sur sa proie,
Il court l'enlacer... dans ses bras.

Soudain son joli sein palpite,
Mais elle ne sait pas pourquoi;
Son sang dans ses veines s'agite,
D'amour elle ignore la loi.

Quand soudain une tourterelle
Frappe l'air de ses doux accents;
Mais on entend à côté d'elle
De douloureux roucoulements.

Nos deux enfants se rapprochaient
De l'endroit d'où partaient ces chants,
Et bientôt ils apercevaient
Deux jeunes tourtereaux charmants.

Joyeusement se becquetaient
Oiseaux pris en flagrant délit,
De leurs doux becs se caressaient,
Enfermés dans le même nid.

Comme témoins de leur tendresse
Ils croyaient n'avoir que les bois,
Mais dans l'ardeur qui les empresse,
Ils ne pouvaient taire leurs voix.

Rose et Colin les regardaient,
Et Rose ne comprenait pas
Ce que ces chants signifiaient ;
Mais Colin marchait pas à pas.

Lors il lui dit : « Vois-tu, ma Rose,
Ce que font ces jolis oiseaux ?
— Non, dit-elle. — Eh ! voici la cause,
Dit-il, de ces plaisirs nouveaux. »

Et Rose sentit sur ses lèvres
Un gros baiser qui résonna ;
Et Colin, oubliant ses chèvres,
Tout aussitôt recommença.

Mais Rose avait bien su comprendre,
Sans plus tarder, ce doux plaisir :
Plus ne craignit, elle fut tendre;
Colin contenta son désir.

De cette tourterelle éprise
Ils ont reçu leçon d'amour,
Mais tous deux l'ont si bien apprise
Qu'ils la peuvent rendre à leur tour.

LE JEUNE ENFANT

LE JEUNE ENFANT

Au bord du grand chemin, assis sur une pierre,
Un pauvre être, épuisé de douleur et de faim,
Faisait entendre au loin sa voix plaintive et claire :
« O riches ! disait-il, un seul morceau de pain,
Une obole, un regard ! C'est en vous que j'espère ;
Vous pouvez aisément consoler le malheur.
Donnez, riches, donnez l'aumône à la misère,
Ne la méprisez pas, consolez sa douleur ! »

Mais le monde passait avec indifférence :
On n'avait pas le temps de songer en ce jour
Qu'un malheureux gisait accablé de souffrance;
Chacun allait, riait, causait avec amour.

Seul devant lui s'arrête un enfant jeune encore;
Il le contemple avec des yeux compatissants,
Et plaint ce malheureux, à sa première aurore
Réduit à supporter les plus cruels tourments.

Son père lui donnait à chaque jour de fête
Une pièce d'argent pour ses menus plaisirs;
Il en pouvait toujours disposer à sa tête
Et posséder ainsi l'objet de ses désirs.

Il n'aura pas encore un tambour et des armes
Aujourd'hui, car il vient d'offrir au mendiant
Sa fortune, content d'avoir séché des larmes
Et d'avoir consolé le malheur innocent.

Personne ne te vit et, dans ta modestie,
Tu ne racontas point ce que fit ton bon cœur,
Jeune enfant; mais celui qui jugera ta vie
Se souviendra qu'un jour tu compris la douleur

LA SORCIÈRE

LA SORCIÈRE

O SORCIÈRE, dis-moi par ton art enchanteur
Quel sera le destin de mes jeunes années?
Suis-je né pour goûter le pur, le vrai bonheur,
Ou pour être le jouet de dures destinées?...

Un jour, le cœur content d'un fragile succès,
Insensé que j'étais, j'avais rêvé la gloire,
Et, bercé par un songe enivrant, je croyais
Avoir sur mes rivaux remporté la victoire!

Dis-moi si je dois croire à ce songe flatteur,
Si je réussirai, lucide prophétesse?
— Jeune homme, répond-elle, au fier et noble cœur,
Fuis loin de l'ambition, cette infâme déesse.

C'est elle seule, enfant, qui perd les jeunes gens
En glissant dans leurs cœurs une perfide audace.
Ne la regarde pas, fuis ses traits malfaisants
Et protége ton cœur d'une épaisse cuirasse.

Mais il est un orgueil que seul je te permets,
Un légitime orgueil que tout cœur doit connaître :
Cultive-le sans crainte, il fera ton succès...
Mais le jeune ambitieux a répondu : Peut-être !

LE JUIF ET LE CHRÉTIEN

LE JUIF ET LE CHRETIEN

CONTE.

Un juif et un chrétien, amis du voisinage,
Se dirigeaient tous deux vers le prochain village.
C'était un samedi... Chacun sait qu'en ce jour
Un juif ne songe à rien, même pas à l'amour ;
Il va silencieux, n'ouvre jamais la bouche,
Ne dit rien, quel que soit le chagrin qui le touche.
Bien plus, il se verrait en un pressant danger,
S'il fallait pour le fuir un peu se déranger,
Qu'il aimerait bien mieux souffrir quelque dommage
Que de se résigner à repousser l'orage.

Notre chrétien, pensif, le suivait pas à pas,
Ne disant rien non plus et ruminant tout bas.
Absorbés dans leur marche et lente et solitaire,
Ils n'aperçurent pas un puits à fleur de terre
Devant leurs pieds. Le juif, qui marchait le premier,
S'y laisse choir. Tremblant, il se met à crier.
Le chrétien, entendant son ami qui soupire,
Ne put pas retenir un grand éclat de rire
Quand il vit son voisin barboter dans une eau
Qui certes n'était pas de l'eau claire, il s'en faut.
Mais, ému de le voir en si triste posture,
Il court vite au village, et, contant l'aventure,
Il emprunte une échelle à l'un de ses amis,
Revient et la descend aussitôt dans le puits.
Lors le juif : « Je serais à mon culte rebelle,
Dit-il, si je posais le pied sur votre échelle
Le saint jour du sabbat. Venez demain matin
Et je remonterai. » Le bienheureux chrétien,
Sachant que tout discours serait fort inutile,

Souhaite à son ami que sa nuit soit tranquille
Et retourne gaiement se coucher dans son lit.
Il dort paisiblement durant toute la nuit,
Pendant que le bon juif en sa couche aquatique
Grelotte et prend un bain qu'il trouve peu magique.
Le lendemain, notre homme accourt au bord du puits
Et entend le bon juif qui jette les hauts cris.
« Avez-vous bien passé la nuit? — Ami fidèle,
Secourez-moi bien vite, apportez-moi l'échelle,
De grâce, ami ; je suis traversé jusqu'aux os.
— J'en suis fâché pour vous et j'en ai le cœur gros.
C'est aujourd'hui dimanche, et je serais coupable
Si je touchais l'échelle en ce jour adorable.
Attendez, je viendrai demain vous l'apporter,
Si je n'ai pas, du moins, quelque saint à fêter. »

PRUDERIE

PRUDERIE

Pourquoi d'un regard prude et baissé, jeune fille
Vois-tu passer ainsi devant toi les plaisirs
Et les amusements de notre belle ville?
Tu les vois s'écouler sans regrets, sans désirs.

Ah! laisse étinceler ton regard qui pétille,
Chasse bien loin de toi ces ennuyeux soupirs,
Et le soir, à l'abri d'une simple mantille,
Viens dans l'ombre écouter le souffle des zéphyrs.

Profite des beaux jours de ta belle jeunesse,
Jouis de cette douce et brillante allégresse
Qui dans la vie, hélas! règne si peu d'instants.

Si tu voulais goûter plus tard, enfant cruelle,
De ce fruit séduisant, l'amour serait rebelle
Et te dirait tout bas peut-être : Il n'est plus temps!

RÊVE

RÊVE

Oh! que vois-je? C'est toi, c'est toi, ma bien-aimée,
Qui, souriante, viens à mon lit de douleurs!
Que ta présence est douce à mon âme alarmée!
Déjà mes tristes yeux ne versent plus de pleurs.

Doux ange, à ton aspect ma peine s'est calmée;
Je respire, je sens que mes pâles couleurs
Renaissent à ta vue, ainsi que la ramée
Renaît au souffle pur des zéphyrs enchanteurs.

Oh! pourquoi si longtemps as-tu fui ma tendresse?
Pourquoi m'as-tu brisé d'angoisse et de détresse?
Mais tu comprends enfin l'amour dont je brûlais.

Donne ton chaste front, jouis de mon allégresse...
Tu fuis! .. Ton ombre seule a reçu ma caresse!...
Hélas! ce n'était donc qu'un songe!... Je rêvais!...

FAUX ESPOIR

FAUX ESPOIR

OH! viens, viens dans mes bras, charmante jeune fille
Et lève tes beaux yeux sur mes yeux languissants;
Que ton âme s'enivre et que ta voix gentille,
S'élevant dans les airs, apaise mes tourments!

Ne laisse pas ton cœur en cet instant tranquille,
Et qu'il brûle de feux terribles et charmants
Ton sein tremblant d'amour sous ta blanche mantille,
Et réponds, jeune amante, à mes tendres accents.

Oh! tu m'as entendu, n'est-ce pas? et ton âme
Ne peut être insensible à ma cruelle flamme?
Réponds: un seul regard pourrait me rendre heureux.

Mais quel courroux te prend et brille dans ta vue?..
Hélas! à peine t'ai-je une fois entrevue,
Et tout espoir est mort pour mon cœur amoureux.

JE L'AIMAIS

JE L'AIMAIS

Je l'aimais quand ses yeux se reposaient sur moi
Et dévoraient mon cœur de leurs flammes brûlantes;
Je l'aimais quand, timide et tremblante d'émoi,
Elle aspirait le feu de mes lèvres ardentes;

Je l'aimais quand le soir, s'oubliant dans mes bras,
Émue, elle chantait une tendre romance;
Vers la félicité j'avançais à grands pas,
Et de l'aimer longtemps je gardais l'espérance.

Mais mon rêve bientôt, hélas! s'évanouit :
Un matin j'accourus, elle était sur son lit,
Et, morte, elle semblait un ange qui sommeille.

Elle m'avait quitté le soir, l'âme en repos :
Le lendemain la mort avait passé sa faux
Sur cette fleur éclose aux rayons de la veille.

LE SOLITAIRE

LE SOLITAIRE

Enfant, je voulus voir le monde. Je le vis,
Mais j'aperçus bientôt son deuil et sa tristesse,
Et le voile tomba de mes yeux éblouis.
Je n'entendais partout que des cris de détresse.

Plus tard, je m'élevai jusqu'aux palais des rois ;
Je vis la trahison, la ruse, l'infamie,
Se partager l'abri de leurs superbes toits,
Infimes enfants nés de la cruelle envie.

Alors, triste, j'ai fui la ville et ses plaisirs,
Et depuis je répands des pleurs et des soupirs
Sur ce monde qui n'est qu'une vaine poussière.

O mon Dieu! prends pitié de mon cœur ulcéré,
Viens souvent visiter mon antre retiré
Et réchauffer la foi du pauvre solitaire!

PAR LA FENÊTRE

PAR LA FENÊTRE

A MA VOISINE.

Si mon amour sincère
Avait eu le talent,
Cruelle, de vous plaire,
Donnez-moi dès l'instant
Une preuve éclatante
De votre affection ;
Et ce soir, ô charmante !
Pleine d'émotion,
Venez en tête-à-tête,
Vous confiant à moi,

Vous rendre en ma chambrette;
Je serai plus heureux qu'un roi.
Je vous ferai goûter une liqueur vermeille
Qui nous mettra tous deux en gaieté sans pareille;
Puis nous irons au bal comme deux amoureux,
Puis... nous oublierons tout, et... nous serons heureux!

DE MA VOISINE.

Tudieu! mon cher voisin, quelle étonnante audace
Vous tourne ainsi la tête, et que vous prenez feu
Avec facilité! C'est désolant! De grâce,
Buvez un verre d'eau, modérez-vous un peu.
Vous m'appelez cruelle...
En avez-vous le droit?
Vous avez trop de zèle,
Tant pis pour vous, ma foi.

A MA VOISINE.

Avec quel talent vous voulez, barbare,
Me désenchanter et mettre en mon cœur
Un profond chagrin! Mais je vous déclare
Que j'ai conçu quand même un espoir de bonheur :

Car vous n'êtes pas restée insensible
A l'ardent amour qui me vient troubler,
Puisque vous avez daigné, ma terrible,
Répondre à mon audace et la désavouer.

Que craignez-vous donc? que mon inconstance
Vous aime aujourd'hui, vous quitte demain?
Je puis vous jurer que mon espérance
Est de vous entourer d'un culte surhumain;

Que je suis à vous et que la mort même
Ne pourrait tuer votre souvenir.
J'en deviendrai fou si, quand je vous aime,
Un mot de vous ne vient répondre à mon désir.

DE MA VOISINE.

Eh bien! vous êtes gai, voisin! Je vous admire!
Quoi! vous parlez de mort, si jeune, si vivant!
Je ne me moquerai pas de votre délire;
Je vous pardonnerai, vous êtes un enfant!

Vous m'aimez, dites-vous? Monsieur, c'est impossible:
Vous n'avez donc pas vu mon grognon de mari?
Ah! c'est qu'il m'aime bien! ah! c'est qu'il est terrible!...
Je l'aime aussi, d'ailleurs; c'est un maître chéri.

A MA VOISINE.

Que me dites-vous là, pauvre ange?...
Mais j'ai su lire en votre cœur;
Je sens qu'il faut que je vous venge,
Que je vous arrache au malheur :

Car vous ne l'aimez pas, cet homme;
Je le comprends bien, et je veux
L'écraser sous mes deux pieds, comme
J'écraserais un ver hideux!

Il vous retient en esclavage,
Vous si jeune et si belle! Il craint
Que l'oiseau sorte de sa cage,
Où de rester il est contraint.

Mais je ne puis pas, ô voisine!
Souffrir un crime aussi sanglant.
Conduit par votre voix divine,
Je vous sauverai du tourment.

Et pendant qu'accablé de rage,
Cuvant sa haine et sa douleur,
Il cherchera pour son outrage
Une vengeance à faire horreur,

Tous les deux, dans notre chambrette,
Nous nous rirons du vieux jaloux,
Et bercé dans vos bras, coquette,
Je ne vivrai plus que pour vous.

Mais mon épître, hélas! est restée sans réponse;
Et quand le lendemain mes yeux avec espoir
Cherchaient à sa fenêtre un signe qui m'annonce
Que la belle était prête à me suivre ce soir,

J'ai vu, coup effrayant, épouvantable, unique!
J'ai vu, me regardant derrière ses rideaux,
Un homme qui riait d'un rire satanique
Et dont l'œil infernal me perçait jusqu'aux os!

LE VIN DE CHAMPAGNE

LE VIN DE CHAMPAGNE

Chantez la liqueur écumante
Que verse en riant l'amitié.
(BÉRANGER.)

QUELLE mouche te pique, ami ! quelle allégresse !
Quelle folle gaieté ! quelle joyeuse ivresse !
Toi que l'on voit toujours, taciturne et rêveur,
Marcher le front sérieux comme un grave docteur,
Ou comme un philosophe échauffant son génie
A la sotte invention d'une sotte utopie ;
Toi qui, gratifiant d'un rire de mépris
Les tristes séductions de ce pauvre Paris,
Et foulant à tes pieds les plaisirs du vulgaire,
Sembles prendre ton vol vers un autre hémisphère ;

6.

Toi, c'est toi que je vois aujourd'hui radieux
Et gai comme un pinson sous la voûte des cieux!
— Ah! mon cher, connais-tu ce nectar délectable,
Blond comme une houri, souverain de la table?
Connais-tu ce divin baume consolateur
Qui chasse la tristesse et réchauffe le cœur,
Cette douce liqueur mousseuse et pétillante
Qui bout d'impatience en sa prison charmante
Et fait irruption comme un Vésuve en feu
Aussitôt qu'on en a brisé les gonds? Morbleu!
Le sort en est jeté, je veux toute ma vie
Adorer désormais cette liqueur chérie;
Je veux qu'à chaque instant.....
— Et que dira Cujas
De te voir oublier et déserter ses pas?
Que deviendront la science et la philosophie
Si tu ne les soutiens de ton vaste génie?
Ah! tu bois du champagne! ô honte! ô déshonneur!
Adieu, trop doux espoir d'être jamais docteur!...

— Au diable, jarnidieu! les affaires sérieuses,
Les docteurs assommants, leurs leçons ennuyeuses!
J'ai bien assez usé mes coudes sur les bancs,
Je me suis bien assez et trop battu les flancs
Pour étudier à fond les sottes rêveries
De Monsieur tel ou tel. De toutes ces folies,
Oh! j'en ai par-dessus la tête! Vois-tu bien,
Mon cher, tel que je suis, moi, je ne connais rien;
Je suis un ignorant complet; la folle ivresse,
Le bonheur dans les bras d'une douce maîtresse,
Les entretiens d'amour, les petits soupers fins
Sont pour moi lettre close. O malheurs trop certains!
J'ai perdu tout mon temps à vivre de tristesse,
J'ai passé tous les jours de ma belle jeunesse
Comme un mollusque, comme une huître sur son roc;
Ma robe d'innocence est exempte d'accroc,
Et j'ai vingt ans!! O honte! ô dérision amère!
— Laisse-moi respirer après pareille affaire.
Tu te lances enfin! Vrai, ce n'est pas trop tôt!

— Aussi, mon cher, je vais rattraper comme il faut
Le temps perdu.
— Tant mieux!
— Écoute mon histoire,
C'est la vérité pure, et tu pourras la croire :

L'autre soir, je me promenais
Tranquillement, comme je fais
D'ordinaire, la tête libre
Et le cœur tout joyeux de vivre
Par un si beau temps, car il faut
Te dire qu'il faisait fort beau.
Je ruminais philosophie,
Lorsque soudain, mort de ma vie!
J'aperçus sautant un ruisseau,
Quoiqu'il n'y eût pas du tout d'eau,
Une jambe... puis deux... Te dire
Autre chose te ferait rire :
Je devins fou, fou à lier;
Je sentis mon jarret plier,

Divaguer ma pauvre cervelle,
Et mes yeux ne voyaient plus qu'*elle!*
Car songe que jamais je n'ai
Fait attention à pareil fait,
Que ce fût extraordinaire
Que ce fait nouveau pût me plaire;
Songe de plus qu'en nul endroit
Tu ne verrais pied si étroit,
Petite jambe si bien faite,
Personne enfin aussi parfaite.
Hélas! hélas! *Mea culpa!*
C'est le démon qui me trompa
Et qui me souffla dans l'oreille,
Le polisson : « Hein! qu'elle est belle! »
Elle l'était bien trop, morbleu!
Car croyant apaiser le feu
Qui me dévorait, ô novice!
Je la suivis. Cruel supplice,
Je n'osais pas lui dire un mot

Et la suivais comme un gros sot.
Enfin... Inutile de dire
Qu'elle se mit à me maudire,
Me donna des noms odieux...
Puis, je ne fus plus qu'ennuyeux...
Puis, je parus plaire à ses yeux,
Et petit à petit la belle
Enfant se montra moins cruelle.
Sa colère enfin s'apaisa,
Son visage se colora,
Et dans un restaurant notoire
Nous allâmes signer victoire.

. . . .

Ah! mon cher, si tu m'avais vu
Bête, timide, sot, bourru,
Embarrassé de ma personne,
Ma pose t'eût paru fort bonne,
Et l'on aurait bien ri, je crois,
Devant mon stupide minois!

J'étais bien froid, j'étais bien bête;
Ma belle semblait bien honnête;
Nous avions l'air de deux époux,
Et non d'amants au rendez-vous!
Mais, ô merveille! mes yeux brillent,
Les yeux de ma belle scintillent,
Ma langue se prend à parler,
La belle enfant à répliquer,
Et un joyeux rire sonore
Jaillit du sein de la pécore.
Ah! c'est que nous avions goûté
De ce champagne si vanté,
De cette liqueur blonde et douce
Dont j'adore aujourd'hui la mousse,
Et que je veux à chaque instant
Célébrer et boire en chantant!
Ce vin avait brûlé nos âmes,
Et pour en apaiser les flammes,
Le petit dieu portant carquois

Allongea son petit minois
Par le goulot d'une bouteille,
Et nous dit tout bas à l'oreille...
Mais c'est assez, je suis discret,
J'en ai bien promis le secret,
Je n'en dirai pas davantage.
Je veux du reste en homme sage
Me réjouir comme il me plaira,
Et tant qu'ici-bas durera
Ma courte et terrestre campagne,
J'adorerai le bon champagne.

L'OISEAU DE MA MIE

L'OISEAU DE MA MIE

Je suis malade, un lourd chagrin
Me remplit de tristesse :
Je ne sais quel cruel destin
Me poursuit et m'oppresse...
Hélas! je ne la verrai plus
Me donner un sourire!
Non! mes regrets sont superflus!
Inutile délire!

Mais qui chante dans le lointain
A la fenêtre de Marie?
C'est la fauvette au doux refrain,
C'est l'oiseau de ma mie.

Oh! pourquoi son petit rideau
Est-il à sa fenêtre
Pendu, comme sur un tombeau
Pend la branche de hêtre?
Elle refuse mon amour,
La folle, la cruelle,
Pour goûter un plaisir d'un jour
Qui la fera moins belle!

Mais qui chante dans le lointain
A la fenêtre de Marie?
C'est la fauvette au doux refrain,
C'est l'oiseau de ma mie.

Ingrate, adieu, tu m'as trahi!
Périsse ta mémoire!
S'ensevelisse dans l'oubli
Ta chevelure noire!

Tout se tait chez toi ce matin,
    Et tu n'as plus, méchante,
Ta fraîcheur et ton œil mutin :
    Adieu, cruelle amante!

Mais qui chante dans le lointain
A la fenêtre de Marie ?
C'est la fauvette au doux refrain,
    C'est l'oiseau de ma mie.

Que vois-je? ton petit rideau
    S'écarte, et ton visage
Se montre triste; il est si beau!
    Mais la peine l'outrage.
Oh! pourquoi ces yeux languissants,
    Pourquoi ce regard blême?...
Ils ont fui bien loin, tes amants!
    Moi... je reviens... je t'aime!

Mais qui chante dans le lointain
A la fenêtre de Marie?
C'est la fauvette au doux refrain,
C'est l'oiseau de ma mie.

Viens, je t'aime, je veux baiser
Ta joue ardente et pâle,
Ta douce main, ton pied léger,
Ton front bruni de hâle.
Viens, accours à ma voix, parais;
Que ta bouche me donne
Ce nom chéri que j'adorais,
Parle, et je te pardonne.

Mais qui chante ce doux refrain
A la fenêtre de Marie?
C'est elle, c'est son champ mutin!
Oh! je t'aime, ma mie!

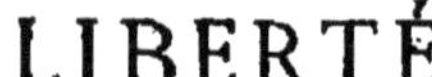

LIBERTÉ

LIBERTÉ

Qui donc es-tu, sylphe aux ailes légères,
Étincelant comme un vase d'argent,
Rapide autant qu'un essaim d'éphémères
Qu'emporte au loin un tourbillon de vent?
O pur esprit qui vins remplir mon âme
D'un noir chagrin dont je suis abattu,
Secret sujet d'une brûlante flamme,
Qui donc es-tu?

Quand je te vis, ton sein était sans voile
Et palpitait. Était-ce de l'amour

Ou de la ruse? Une brillante étoile
Parait ton front comme l'astre du jour.
Te reverrai-je?... Oh! j'en ai la croyance :
Tu fus si belle, ange, tu me souris
Et me laissas une douce espérance,
Quand je te vis!

M'est-il permis de bercer dans mon âme
A moi, chétif, un si charmant espoir?
Ange aux doux yeux, puis-je t'offrir sans blâme
Un cœur ému?... Cette image qu'un soir
Je vis paraître et rayonnante et tendre
A mon chevet, puis-je en mon cœur épris
La conserver? L'adorer et l'attendre
M'est-il permis?

— Audacieux! cette haute arrogance,
Cette fierté, te porteront malheur!

Elle a pitié de ta trop tendre enfance;
Mais garde-toi, si tu connais la peur,
D'oser tourner tes faibles yeux sur elle :
Tu ne pourrais pas supporter les feux
Étincelants de sa noire prunelle,
Audacieux!

La liberté! C'est ainsi qu'on la nomme,
Divinité chère aux cœurs vraiment forts,
Chère à celui qui porte le nom d'homme
Et vit pressé de labeurs et d'efforts!
Travaille donc, enfant, sans paix ni trêve,
Pour conquérir l'entraînante beauté
Qu'à ton chevet tu vis un soir en rêve,
La liberté!

LA PAIX

LA PAIX

Que vois-je, enfants? quelle crainte soudaine
A tout à coup assombri vos ébats?
Avez-vous peur que l'on ne vous entraîne,
Anciens vainqueurs, à de nouveaux combats?
Non, réveillez la joie et la folie,
Délivrez-vous de ce nuage épais
De vaine crainte et de mélancolie :
Je suis venue, enfants, je suis la Paix !

N'avez-vous pas trop longtemps dans vos guerres,
Ne connaissant que le droit du plus fort,

Versé le sang de vos fils, de vos frères,
Et sans sujet porté partout la mort ?
Que je souffrais, moi, seule, délaissée,
Quand j'entendais la plainte des mourants
Venir à moi de sanglots oppressée !
J'ai bien des fois pleuré sur vous, enfants !

Mais aujourd'hui je relève la tête ;
Je suis venue à vous, le cœur joyeux,
Et vous m'avez fêté comme l'on fête
Le Dieu qui vient pour couronner vos vœux.
Partout des fleurs ! Que vos chants d'allégresse
Disent au loin ce glorieux succès !
Que partout règne une divine ivresse !
Car je vous aime, enfants, je suis la Paix !

Vous allez être une même famille,
Vous allez tous être unis par le cœur.

Voyez au ciel cette étoile qui brille :
C'est l'œil de Dieu, le gage du bonheur !
Je suis heureuse ! Et toi, ma belle France,
Viens avec moi, je te donne la main,
Et par ton aide, ah ! j'en ai l'assurance,
Les ennemis seront frères demain !

Juin 1867.

LE ROMAN DE MARGUERITE

LE ROMAN DE MARGUERITE

Si vous aviez vu Marguerite,
A l'âge de sept ou huit ans,
Chanter sa chanson favorite
En souriant à belles dents,
Et si vous l'aviez vue ensuite
Vous provoquer d'un air mutin
Et rire de votre poursuite
En échappant à votre main!

Alors, ah! qu'elle était joyeuse!
Comme sur son visage frais

Brillait une candeur heureuse,
Une franchise sans apprêts!
Dans ses ébats qu'elle était folle!
C'était la plus vive gaieté
Et l'enfance la plus frivole!
Heureux temps si vite écoulé!

Si vous aviez vu Marguerite
Mener le dimanche au château
Les petits pauvres à sa suite,
Pour leur partager son gâteau!
Quand la dînette était finie,
Elle présidait à leurs jeux,
Et sa gaieté rendait la vie
A tous ces petits malheureux.

Ah! c'est alors qu'elle était belle,
Et que l'on voyait sur son front
Paraître l'image fidèle
D'un cœur généreux et profond!

Ses yeux se remplissaient de larmes
Quand un de ces enfants pleurait ;
Mais elle chassait ces alarmes
En l'embrassant, et souriait.

Si vous aviez vu Marguerite
Appeler son frère de lait,
Et courir le chercher bien vite
Quand trop longtemps il s'absentait !
Comme alors d'une voix sévère
Elle grondait le pauvre enfant!
Mais le courroux ne durait guère
Et s'en allait comme le vent.

Tous les deux élevés ensemble,
Le même sein les a nourris;
Ce tendre lien qui les rassemble
Les tiendra-t-il toujours unis?
Ils sont si beaux, pleins d'allégresse,
Quand, sans souci, là, tous les deux,

Et n'écoutant que leur jeunesse,
Ils sont tout à leurs petits jeux !

Si vous aviez vu Marguerite
Le jour où, pleine d'émotion,
Cette ange parmi nous proscrite
Fit sa première communion !
Le même jour, joie infinie !
Le petit Jule, sans retard,
A la même cérémonie
Était venu prendre sa part.

Qu'ils étaient beaux à cette fête !
Ils avaient douze ans, âge d'or
Où le cœur n'a point de tempête,
Age où tout vous sourit encor !
Mais déjà leurs yeux sur la route
S'étaient fait des aveux secrets
Et s'étaient dit tout bas, sans doute :
« Nous ne nous quitterons jamais. »

Si vous aviez vu Marguerite
Le lendemain, les yeux en pleurs,
Le cœur gonflé, l'âme interdite,
Déplorer seule ses malheurs !
A peine elle entrait dans la vie,
Déjà la première douleur
Avait jeté son ironie
Sur la douce paix de son cœur!

Jule était parti pour la ville :
Le châtelain, plein d'ambition,
En voulait faire un homme habile
Et payait pour lui sa pension.
« Nous le reverrons aux vacances,
Pensait Marguerite en pleurant;
Mais, pour combler mes espérances,
Comme le temps va lentement! »

Si vous aviez vu Marguerite
Compter les mois, compter les jours!...

« Alors, il reviendra bien vite,
Pour longtemps, sinon pour toujours... »
Mais les vacances sont venues,
Et Jule n'est pas arrivé,
Car ses études continues,
Dit-on, le tiennent enchaîné.

« Mais il reviendra l'autre année?
Lui, si bon, lui, si délicat,
Il ne m'a pas abandonnée!
Je sais qu'il ne peut être ingrat. »
Espérance trop incertaine!...
Le mois d'août vint, mais, hélas!
— Triste et cruel sujet de peine, —
Le petit frère ne vint pas.

Si vous aviez vu Marguerite
S'abandonner au désespoir
Et perdre, la pauvre petite,
L'étincelle de son œil noir!

Et pourtant, pauvre enfant! la vie
Était pour elle, à son printemps,
Pleine d'une joie infinie!
Et pourtant elle avait quinze ans!

Sa voix si vive et si sonore
Avait perdu tout son éclat.
Quand elle souriait encore,
C'était d'un air si délicat!
A la voir ainsi désolée,
On aurait cru voir une fleur
Dont la corolle desséchée
S'étiole, languit et meurt.

Si vous aviez vu Marguerite
Un matin, le front rayonnant,
Chanter sa chanson favorite
Comme autrefois, en souriant!
Comme elle semble rajeunie!
Elle a loin d'elle rejeté

Son voile de mélancolie :
Elle a retrouvé sa gaieté.

Ah ! c'est qu'une bonne nouvelle
A ranimé son cœur éteint !
Jule va revenir près d'elle,
Et Jule arrivera demain.
Il a remporté cette année
Le succès le plus éclatant,
Et c'est ainsi que dans l'armée
Il est nommé sous-lieutenant.

Si vous aviez vu Marguerite
Rougir quand Jule est arrivé !
Elle voulait prendre la fuite
Devant ce bonheur tant rêvé.
Que craignais-tu donc, insensée ?
Avais-tu peur de te trahir ?
T'a-t-il seulement embrassée ?
A-t-il senti son cœur bondir ?

Non... peine mille fois cruelle,
Il s'est incliné devant toi,
Et il t'a dit : « Mademoiselle ! »
Tu rougis encore !... Pourquoi ?...
C'est que, comme dans un doux songe,
Tu viens de lire dans ses yeux
Que sa froideur était mensonge
Et que son cœur est généreux,

Si vous aviez vu Marguerite
S'esquiver un instant le soir
Dans le parc, et rentrer bien vite !
Sa mère lui dit : « Qu'il fait noir !
Sous ce ciel chargé de tempête,
Que faisais-tu dehors, enfant ?
— Mère, j'avais mal à la tête,
« Et l'air m'a calmée à l'instant. »

Jule, le cœur plein d'espérance,
L'attendait au fond du jardin,

Et les deux compagnons d'enfance
S'étaient bientôt donné la main;
Puis ils s'étaient ouvert leur âme
Et s'étaient dit ces mots si doux :
« Moi, Jule, je serai ta femme.
— Et moi, je serai ton époux. »

Si vous aviez vu Marguerite
Attendre avec anxiété
Du facteur la rare visite!
N'a-t-il encor rien apporté?
— Il avait, je crois, une lettre
Quand il est venu ce matin,
Et il a voulu la remettre
Au père : c'est bien Jule, enfin!...

C'est Jule qui faisait connaître
Qu'il a gagné la croix d'honneur.
Dans la lettre il a mis peut-être
Un mot pour la petite sœur!

Oui, car il dit, ô joie extrême!
Qu'en ces pays lointains, son cœur
N'a pas oublié ceux qu'il aime
Et s'en souvient avec bonheur.

Si vous aviez vu Marguerite
Dans une fête, un jour charmer
Les yeux d'une foule émérite
Dont elle se faisait aimer!
Mais... elle est pâle..., elle chancelle...
Et, portant la main à son cœur :
« Une balle!... blessé!... dit-elle,
« Jule, il tombe! il m'appelle! il meurt! »

Et Marguerite était tombée...
On voulut lui porter secours :
Sa tempe était déjà glacée,
Son âme avait fui pour toujours!
Le lendemain vint la nouvelle
Que Jule, sur le champ d'honneur,

Atteint d'une balle mortelle,
Était tombé, mais en vainqueur.

Si vous aviez vu Marguerite
Morte, reposant pour toujours!
La mort n'a donc pas de limite?
Rien ne l'arrête dans son cours!
Anges que le destin rassemble,
Ces deux enfants s'étaient juré
De vivre et de mourir ensemble,
Serment qu'ils avaient révéré!

Et pourtant la vie était belle
Et souriait à leur printemps!
Et la fatalité cruelle
Avait trompé les deux enfants!
Mais pourquoi la douleur amère
Répandrait-elle ici son fiel?
Auraient-ils été sur la terre
Heureux comme ils le sont au ciel?

UNE PASSION

UNE PASSION

I

Je ne vous aime pas. Peut-être allez-vous croire
Que, le cœur enivré de vos divins appas,
Je craigne d'avouer une telle victoire,
Et vous dise en mentant : « Je ne vous aime pas! »

Oh! non, détrompez-vous... Vous êtes jeune, belle,
Vous avez dans les yeux un feu brûlant et doux;
Mais cela suffit-il pour vaincre un cœur rebelle?
Ah! si vous le croyez, parbleu! détrompez-vous.

Car ce n'est pas assez, charmante Juliette,
D'avoir le pied bien fait et petit à l'excès,
Et autre chose encor, pour faire ma conquête;
Charmante Juliette, ah! ce n'est pas assez.

Oh! j'ai bien admiré trente-deux dents d'ivoire,
Plus blanches que le lait tout récemment tiré,
Qu'une petite lèvre hardie à n'y pas croire
Se plaisait à montrer; je l'ai bien admiré.

Je ne vous parle pas de la petite oreille
Sur laquelle se sont élevés des débats
Si curieux; je la déclare une merveille,
Mais d'elle plus longtemps je ne vous parle pas.

Hélas! vous n'avez point cette étincelle ardente
Qui nous-brûle le cœur ... Enlacé dans vos bras,
On ne sentirait pas son âme plus tremblante,
Madame, et c'est pourquoi je ne vous aime pas.

Mais il faut avouer que vous êtes charmante,
Et que l'on est heureux de vous accompagner :
Votre minois fripon, votre langue piquante,
Ont un attrait vainqueur qu'il faut bien avouer;

Et je regretterais si notre humble soirée
Se passait sans vous, si votre rire si frais,
Si doux, ne la venait rendre plus animée;
Oui, madame, longtemps je le regretterais.

Demain donc, ma charmante, on vous rendra visite,
On vous enlèvera, je vous le dis tout bas;
Mais souvenez-vous bien que si je vous invite,
C'est parce que, lutin, je ne vous aime pas.

II

Eh bien! regrettez-vous aujourd'hui, ma charmante,
De vous être laissé entraîner l'autre soir?
Car il nous a fallu la force violente
Pour vous faire quitter votre petit boudoir.
Oui, madame était triste, elle avait de la peine,
De noirs pensers roulaient dans son cerveau pesant:
Elle avait... en un mot, elle avait la migraine!
On m'a reçu d'abord d'un air décourageant.
Quoi! je m'étais flatté de vous voir entourée
De lumière et de fleurs, de vous voir près de moi
Bavarder et sourire une longue soirée!
Vous me l'aviez promis et dans vous j'avais foi;
Et vous vouliez ainsi tromper mon espérance
Et me chasser au loin comme un indifférent!...

Mais vous êtes trop bonne et vous n'avez, je pense,
Jamais eu le désir d'augmenter mon tourment,
Et vous avez souffert que notre violence
Procédât à son aise à votre enlèvement.
D'ailleurs, je le vois bien, vous êtes si mutine
Que vous aviez voulu seulement m'éprouver,
Et ce refus donné d'une grâce enfantine
N'était pas vrai, le cœur ne pouvait l'approuver.

Eh bien! avons-nous ri? Quel bruit et quel tapage!
Nous nous sommes conduits comme des insensés!
Ah! la gaieté bruyante est si bien de notre âge,
Où nos cœurs ne sont pas encore trop blasés!
Oui, nous aimons encor la joie et la folie,
Nous nous étourdissons, nous marchons, nous vivons,
Et de grand appétit nous entamons la vie :
L'avenir est si loin! ma foi, nous l'oublions!
Oui, nous sentons bondir et s'échauffer notre âme
Quand nous rencontrons un de ces êtres divins,

Un de ces beaux démons qu'on appelle une femme,
Qui d'un mot, d'un regard nous enchaîne les mains,
Et nous brûle aussitôt d'une invincible flamme,
Contre laquelle, hélas! tous nos efforts sont vains!..

Mais, parbleu, je vous vois rire de mes sornettes.
Je radote, en effet; que viens-je vous conter?
Vous dont les yeux ardents ont tant fait de conquêtes,
Pouvez-vous seulement me croire et m'écouter?

Avouez-le, j'ai dû vous paraître bien bête
Quand je vous ai le soir reconduite chez vous;
Car, malgré les vapeurs qui m'enflammaient la tête,
Je n'ai pas pu braver votre regard si doux!
Ah! comprend-on qu'après un souper plein d'ivresse,
Un souper de folie et de joie inondé,
On aille reconduire une ange, une déesse;
Qu'on puisse la quitter sans avoir demandé
La faveur de baiser au moins sa main mignonne?

Ah! Dieu! que je suis bête! Et je voulais pourtant...
Vous m'auriez pardonné, car vous êtes si bonne!
Je voulais vous sauter au cou, tout simplement!
Je vous vois reculer... Ne soyez pas en peine,
Je ne vous aime pas; mais, désir insensé!
J'aurais voulu presser votre main dans la mienne
Avant de vous quitter..., et je n'ai pas osé!

Je suis resté les yeux fixés sur la fenêtre
Où votre ombre passait. Pauvre fou, j'espérais
Que pour me dire adieu vous auriez peut-être
Mis votre nez au vent. Faut-il être niais!...
Depuis ce temps, je vois partout votre figure,
Elle me suit partout; sans cesse je la fuis,
Mais elle me poursuit sans cesse et me torture.
Ah! vous allez bien rire en lisant mes ennuis!

Riez, mais écoutez. Il me semble, madame,
Que si je vous voyais un instant seulement,

Votre sourire franc apaiserait mon âme;
Je serais plus tranquille et m'en irais content.
J'irai vous voir demain, et, j'en ai l'espérance,
Vous me recevrez bien; soyez sans embarras :
Je vous jure, et je dis toujours ce que je pense,
Qu'aujourd'hui, comme hier, je ne vous aime pas.

III

Lorsque je suis allé frapper à votre porte,
Pourquoi donc m'a-t-on dit que vous n'y étiez pas,
Madame ? Pourquoi donc me traiter de la sorte?
Sachez que ce refus, loin d'arrêter mes pas,
Me redonne au contraire un tout autre courage.
Pensez donc, je ne vous suis plus indifférent!
Vous craignez de revoir aujourd'hui mon visage
Et vous vous enfermez, solitaire, en tremblant :
Car vous étiez chez vous, car je voyais votre ombre
Passer et repasser à travers les rideaux,
En proie au lourd ennui, semblable au spectre sombre
Qu'au reflet de la lune on voit sur les tombeaux!
Vous étiez là, tremblante, inquiète, oppressée...
A quoi pensiez-vous donc?... Ah! si j'étais un fat,

Je pourrais me flatter que dans votre pensée
Je m'étais introduit en maître, en potentat!
Mais tout est expliqué, n'est-ce pas, ma charmante?
Vous étiez ennuyée et de mauvaise humeur,
Cela se voit; ou vous étiez un peu souffrante
Et vous vouliez rester seule à votre douleur.

Mais aujourd'hui tout est effacé, je l'espère;
Vous avez retrouvé votre folle gaieté,
Vous avez renoncé de vivre solitaire;
Et lorsque demain soir avec timidité
J'irai frapper chez vous, c'est avec un sourire
Que vous viendrez vous-même au-devant de mes pas.
Ce sera, n'est-ce pas, comme je le désire,
Puisque, vous le savez, je ne vous aime pas?

Entendez-vous d'ici les violons, les crécelles,
Rugir et commencer leur vacarme enivrant?

Voyez-vous les joyeux pierrots battre des ailes
Et faire sauter leurs pierrettes en dansant?
Allons! vive la joie et vive la folie!
Nous partirons tous deux, et nous irons au bal,
Et nous nous plongerons ensemble dans l'orgie,
Et nous dirons encor : « Vive le carnaval! »
A moins que... Non, parbleu! Vous viendrez, sur mon âme!
Je changerais plutôt la marche du destin,
Je briserais plutôt votre porte, madame!
Mais vous vous soumettrez, j'en suis sûr. A demain.

IV

Je me suis éveillé la tête endolorie,
Tout épuisé, comme au lendemain d'une orgie;
Je ne conservais ni volonté, ni désir,
Et je cherchais en vain à me ressouvenir!
J'avais tout oublié; je ne me rendais compte,
Comme j'étais ingrat! je l'avoue à ma honte,
Ni de ce que j'avais vu, ressenti, rêvé,
Ni de tout le bonheur qui m'était arrivé!
J'ai vu s'évanouir enfin le sombre voile
Qui paraissait vouloir obscurcir mon étoile;
Enfin j'ai retrouvé ces lumières, ce bal,
Cette ivresse sans nom, gaieté du carnaval;
Et j'ai cru vous revoir au milieu de ce monde,
Lorsque, tourbillonnant dans la cohue immonde,

Je tenais votre taille altière entre mes bras,
Vous pressais sur mon cœur et vous disais tout bas :
« Comme je suis heureux, ma belle Juliette,
Au milieu de la foule agitée et discrète,
De vous savoir auprès de moi, de m'enivrer
Du son de votre voix et de considérer
Ces yeux étincelants qui donnent le délire,
De goûter votre joie et de pouvoir vous dire..... »
Mais vous me regardiez tout à coup en riant,
Vous paraissiez ne pas comprendre mon tourment,
Et vous me répondiez d'une voix bien tranquille :
« Allons, vite ! dansons encore ce quadrille ! »
Et nous partions soudain comme un gai tourbillon
Qui tourne en recouvrant un abîme sans fond.

Mais nous avions dansé pendant la nuit entière,
Et déjà du matin la craintive lumière
Venait effaroucher pierrots et débardeurs
Et levait sans pitié tous les masques menteurs ;

Oui, c'était l'heure où, près de clore la campagne,
On noye sa gaieté sous des flots de champagne,
Et où les amoureux vont chuchotant tout bas
Des mots entrecoupés que l'on ne comprend pas!...
Ah! vous vous souvenez encore, ce me semble,
Du petit souper fin que nous fîmes ensemble!
Ah! comme le champagne est rempli de vertu!
Comme dans la chanson, dis-moi, t'en souviens-tu?...
Mais, chut! il faut se taire. Il est souvent des choses
Qui font rider les fronts sévères et moroses :
Il faut pourtant passer joyeusement le temps,
Quand on est philosophe et que l'on a vingt ans!

. . . .

. . . .

V

Oui, vous aviez raison : aujourd'hui la folie
Nous transporte, et demain c'est la mélancolie
Qui s'empare soudain de notre faible cœur
Et nous fait prendre tout le tumulte en horreur.
Oui, vous aviez raison! Pourquoi courir encore
A ce bal, au milieu du monde qu'on abhorre,
Quand on porte en son âme un charmant souvenir
Qui voudrait loin du bruit vivre et se recueillir?
Comme ils nous semblaient lourds, tristes et ridicules,
Ces pauvres débardeurs qui, fardés, sans scrupules,
Se donnaient en spectacle au peuple curieux
Et croyaient s'amuser au moins comme des dieux!
Eh bien! nous avons vu passer tout ce délire,
Et cela ne nous a pas même fait sourire;

Nous n'avons pas même eu la curiosité
De contempler un peu Clodoche et Flageolet.
Autre chose occupait alors notre pensée :
Nous voulions vite fuir cette foule blasée,
Nous voulions échapper à ces cris discordants,
Aux sons rauques et durs sortant des instruments,
Rentrer dans le calme et dans un doux tête-à-tête
Retrouver pour nos cœurs une plus belle fête.
Ah! c'est si beau, si bon, la solitude à deux,
Quand, oubliant ce qui vous environne, heureux...
Savez-vous bien, madame, au train dont je galope,
Que je serai bientôt un affreux misanthrope!
Ce penser me tourmente et me glace d'effroi...
Que m'importe, après tout? Et pourvu que pour moi
Vous ne deveniez pas une autre Célimène,
Je serai fort heureux de porter cette chaîne
Et de vous consacrer le reste de mes jours
A vivre votre esclave et vous aimer toujours.

VI

Ah! vous m'avez trouvé galant, ma Juliette,
Vous avez ri de mes touchants aveux, coquette,
Et quand je vous ai dit que je vous adorais,
Vous m'avez répondu que j'étais un niais!
Cela m'a bien surpris et m'a fait de la peine;
Je ne vous croyais pas si sceptique et si vaine,
Et j'avais cru jusqu'à présent que la bonté,
Madame, était chez vous la moindre qualité!
J'avais cru, je m'étais trompé, que la nature
N'avait pas pu former pareille créature,

La parer à l'envi de grâce et de splendeur,
La faire belle, enfin, sans lui donner un cœur!

N'écoutez pas ce qui me passe par la tête,
Pardonnez-moi ; je suis ou bien fat, ou bien bête,
D'espérer que je puisse aussi facilement
Gagner votre tendresse et votre attachement.

Oui, que suis-je pour vous? Un ami de passage
Aujourd'hui près de vous; et demain quelque orage,
Aura jeté peut-être une séparation
Éternelle entre nous. Ah! vous avez raison,
Continuez ainsi d'effeuiller quelques roses,
Enfant, pour égayer un peu nos fronts moroses;
Laissez tomber un peu de vie et de gaieté
Et, comme la vapeur ou l'électricité,
Passez rapidement, c'est plus gai, c'est plus sage,
Sans laisser après vous rien de votre passage!
Si votre cœur voulait parler, même tout bas,
On en rirait, car on ne vous comprendrait pas...

Eh bien, non ! je ne puis pas croire à tant de glace,
Il faut sur mes soupçons que je me satisfasse,
Et que je sache enfin si vraiment votre cœur,
Madame, est dépourvu de sang et de chaleur !
Le souffle du printemps a réchauffé la terre,
Et déjà la campagne aux amoureux si chère
Nous appelle : si vous le voulez bien, demain
Nous irons nous cacher loin de tout être humain ;
Et, quand dans notre route et grave et solitaire
Nous n'aurons pour témoins que le ciel et la terre,
Je serai surpris si, malgré vous, votre cœur
Ne laisse entendre un cri de joie ou de douleur.

VII.

Ah! je le savais bien que la céleste flamme,
Madame, n'était pas éteinte dans votre âme,
Que je triompherais de ce masque menteur
Dont vous vous efforciez de cacher votre cœur!
Vous vous êtes montrée enfin moins inhumaine,
Vous avez bien voulu prendre part à ma peine;
Loin de rire de moi, vous m'avez écouté,
Puis vous m'avez souri d'un air plein de bonté;
Et lorsque, répondant à mon aveu suprême,
Tu m'as tendu les bras et tu m'as dit: « Je t'aime! »
J'ai senti sur mon sein battre ton sein fiévreux,
J'ai même vu couler des larmes de tes yeux!

Oh! je me souviendrai le reste de ma vie
De ce jour de bonheur et d'ivresse infinie,
Et nous irons revoir au plus tôt, n'est-ce pas ?
Si le bois a gardé l'empreinte de nos pas,
Et si, se souvenant, les échos du feuillage
Nous rappellent encor notre charmant langage!
Oui, tu m'as dit : « Je t'aime. » Ah! oui, tu me l'as dit!
Non pas que quelque part cet aveu fût écrit;
Mais parce que ton cœur lassé d'indifférence
A vu luire en ce jour un rayon d'espérance,
Et a soudain chassé son assoupissement,
Pour se donner sans fard et sans déguisement.

VIII

Elle est à moi!... Ces mots renferment tout un monde.
Elle, dont la beauté, dont la grâce m'inonde,
Elle est à moi!... Je la possède!... Et qu'ai-je fait
Pourtant pour pénétrer au point le plus secret
De son cœur si fermé, de son âme si fière?...
Qui l'eût dit?... J'y songeais toute la nuit dernière
Et je frémissais en me sentant éperdu
Sous le poids d'un bonheur immense, inattendu!
Maintenant je suis bien éveillé, Juliette,
Je crois te voir encore et j'ai l'âme inquiète :
Je crains que, par l'effet d'un caprice léger,
Pour toi je ne sois plus bientôt qu'un étranger,

Et je me sens jaloux de tout ce qui te touche,
Jaloux même de l'air qui passe par ta bouche!
Ah! je suis fou d'amour, Juliette!... Demain
Je me jette à tes pieds et, la main dans la main,
Nous jurons de ne pas nous quitter de la vie,
Car je ne vivrais pas si tu m'étais ravie!
Je suis triste, sans goût, quand je ne te vois pas;
Mais quand je te sens là, près de moi, dans mes bras,
Je jouis d'un bonheur si profond, si sincère,
Que je méprise alors tous les biens de la terre,
Et je voudrais sentir mon âme se briser
En te voyant sourire à mon dernier baiser.

IX

Comme le temps est long et comme la journée
S'écoule lentement pour moi, ma bien-aimée!
Je suis sombre, maussade, et rien ne me sourit
Quand je suis loin de toi dans mon triste réduit.
Amour!... j'ai beau compter les heures, les minutes,
Le temps n'avance pas vite! Et toi, tu supputes
Sans doute sur le bout de tes beaux petits doigts
Combien l'horloge doit encor sonner de fois
Avant que je ne vienne et ne frappe à ta porte :
Alors renait la joie et la tristesse est morte!
Pourquoi ne veux-tu pas vivre ensemble tous deux,
Tous deux nous enivrer du nectar des heureux

Et regarder avec dédain chaque folie
Dont l'homme fait le but unique de sa vie?
Ah! ce serait si bon de n'être qu'un seul cœur,
De vivre, de mourir de la même douleur,
Et de dire au destin : « Frappe, frappe sans crainte! »
Nous ne proférerons jamais aucune plainte;
Nous souffrirons tes coups sans trembler, et la mort
Nous trouvera toujours contents de notre sort.

. . . .

. . . .

X

Nous avons donc revu cette belle vallée
Où la première fois ton âme s'est montrée,
Où j'ai reçu de toi l'aveu de ton amour!...
Qui pourrait oublier jamais un si beau jour?
Déjà ce n'était plus le printemps; la nature
Luxuriante était plus puissante et plus mûre,
La prairie était jaune et flétrie, et les fleurs
Commençaient à regret à perdre leurs couleurs.
Mais aussi l'on sentait que ces beautés fragiles
Allaient céder la place à des biens plus utiles,
Et que dans quelques jours d'abondantes moissons
Allaient nous ramener la joie et les chansons.

Notre amour n'a-t-il pas grandi, mûri de même?
Juliette, ah! si tu savais comme je t'aime,
Comme il est devenu plus vivace et plus fort,
Ce besoin d'enchaîner ta personne à mon sort!
Eh bien! tu me dirais toi-même avec ivresse
Qu'aujourd'hui je ne puis vivre sans ta tendresse
Et qu'éloigné de toi je ne puis être heureux,
Car nous étions créés pour nous aimer tous deux!...

. . . .

. . . .

XI

Pourquoi donc étais-tu si triste, Juliette,
Hier soir, quand je suis venu? Toute défaite,
Pâle, des larmes dans les yeux, tu m'as fait peur,
Jamais tu ne m'avais montré tant de froideur!
Tu m'as dit qu'aujourd'hui tu te sentais souffrante
Et que tu désirais rester seule... Oh! méchante!...
Eh bien! crois-tu que j'ai conçu de noirs soupçons!...
Comme nous sommes fous, mon Dieu! quand nous aimons!
Tu me pardonneras, n'est-ce pas, ma charmante?
Et quand j'irai ce soir d'une âme confiante
Me jeter à tes pieds, je te retrouverai
Les yeux brillants, la voix aimante et le cœur gai.

XII

Depuis six mois c'est la seule fois, la première,
Que j'ai vu rejeter mon ardente prière,
Et que je n'ai pas pu pénétrer jusqu'à toi,
Malgré mon insistance et malgré mon émoi.
Ah! vraiment, ta soubrette est fille précieuse :
Moi qui la connaissais et bavarde et rieuse,
Et la comblais de bien d'autres défauts encor,
Je n'ai même pas pu la corrompre à prix d'or!
Mais pourquoi ce silence étrange qui me tue?...
Voudrais-tu rompre?... Non... J'ai besoin de ta vue,
Juliette! sans toi tu sais que je mourrais!...
Mais je rêve... à ce soir... Oh! quel rêve mauvais!...

XIII

Je me suis présenté chez vous hier, Madame,
Vous avez refusé pour la seconde fois
De me voir; je ne veux vous en faire aucun blâme,
Et j'ai pourtant sur vous ce qu'on nomme des droits.
J'avais le cœur rempli de fiel et d'amertume,
Je voulais retenir mes larmes, mes sanglots,
Et je ne pouvais pas vous accuser des maux
Qui me brisent, du feu maudit qui me consume!
Je sentais bien que vous vouliez rompre à jamais;
Aussi je m'en allais lentement, j'essayais,
Mais vainement, de vous chasser de ma mémoire,
Quand je vis tout à coup un autre entrer chez vous!
Je l'ai vu, de mes yeux!... Je ne pouvais le croire.
Infâme, vous l'avez accueilli sans courroux,

Vous avez même pris votre plus beau sourire
Lorsque vous l'avez vu venir! Je l'ai senti,
Madame; j'ai senti comme un affreux délire
Qui me brisait le cœur, et mon cœur a bondi!...
Mais je ne voulais pas me rendre à l'évidence,
Je tâchais d'apaiser mes horribles soupçons...
Insensé! Je gardais encore l'espérance!
Insensé mille fois!... Ah! comme nous souffrons
Quand nous voyons un jour que tout était mensonge...
Mais quand vous échangiez de grands serments secrets
Et que vous m'oubliiez comme on oublie un songe,
Vous ne saviez donc pas que je vous épiais,
Que je voyais vos deux ombres entrelacées
Passer et repasser, lentes, sur les rideaux,
Et jouir de voluptés étranges, insensées!...
Ah! je vous voyais bien vous rire de mes maux!
Je souffrais! je mourais!... Ce n'était pas un rêve!...
Oh! non!. . car j'entendais le bruit de vos baisers!
Je restais..., mais bientôt la rage me soulève,

La lumière s'était éteinte!... affreux pensers!
Si vous aviez un cœur, ah! vous pourriez comprendre
Que rien ne me pouvait calmer en ce moment;
Je traversai la rue et voulus vous surprendre,
Vous étouffer tous deux dans votre embrassement!..
La force me manqua, je tombai sans haleine,
Foudroyé, comme si j'eusse pris un poison;
Mais on me recueillit et ce fût à grand'peine
Que je pus recouvrer les sens et la raison.

Aujourd'hui je suis bien guéri de ma folie,
Ma grande passion est morte pour jamais,
Pour jamais dans la tombe elle est ensevelie,
Madame, et vous, je vous méprise, je vous hais!
Quand maintenant je songe à vous, je me demande
Comment j'ai même pu vous aimer un seul jour;
Et pourtant, ma tendresse était pour vous bien grande,
Et vous étiez mon seul et mon premier amour!

Mais la leçon est bonne! Ah! comme je regrette
De m'être ainsi livré sans hésitation
Aux mains d'un monstre affreux, d'une indigne coquette
Qui n'a jamais senti la moindre passion!
Mes regrets ne seront pas longs; vous pouvez rire,
Vous pouvez me traiter de sot et de niais;
Ceux qui se sont laissés prendre à votre sourire,
Le sont autant que moi. Poursuivez vos succès,
Et si vous le pouvez, faites d'autres victimes,
Mais hâtez-vous; un temps viendra, qui n'est pas long,
Où vous ne pourrez plus commettre de tels crimes;
Devant vous va s'ouvrir un abîme profond...,
Et quand votre beauté fragile et passagère
Aura fui pour toujours, il ne vous restera
Plus aucun bien, pas même un ami sur la terre!
Le jour de l'abandon pour vous se lèvera.

XIV

Je suis un insensé!... Pardonnez-moi, Madame,
Oubliez tout ce que ma haine vous a dit.
J'ai pu dans un moment insulter une femme,
Mais j'ai tort, je l'avoue, et j'en suis interdit.
Vous avez bien raison, l'amour est si fragile,
Si fantasque, qu'il faut le prendre en se jouant,
Ne pas fonder sur lui d'espérance inutile
Et le quitter lorsqu'il devient embarrassant!
Vous l'avez bien compris: d'ailleurs, qu'ai-je à me plaindre?
Nous nous sommes aimés l'espace d'un printemps
Avec plein abandon, sans mentir et sans feindre,
Et vous avez rompu quand il en était temps.
Je ne vous en veux pas et je sens, au contraire,
Tout ce que je vous dois, car vous avez voulu

Sans doute m'épargner cette tristesse amère
De n'oser le premier rompre, quand j'aurais vu
Notre amour se faner comme les feuilles mortes.
Hélas ! sous les fleurs dont vous couronniez mon front,
Les épines bientôt se sont faites trop fortes,
Et vous m'avez à temps sauvé de leur affront.
Merci ! ma passion est bien morte, madame.
Je garderai de vous un souvenir bien doux,
Car vous êtes, en somme, une charmante femme.
Si par hasard je viens à passer près de vous,
Je vous saluerai comme on salue une amie,
Et j'espère que vous voudrez vous souvenir
Que j'ai passé jadis à travers votre vie,
Sans vous laisser le droit de vous en repentir.

FIN.

TABLE

PARIS

IMPRIMERIE D. JOUAUST

Rue Saint-Honoré, 338

Dans le même format :

THÉATRE

LA BELLE PAULE, un acte en vers, par L. Denayrouze. 1 50

LA PART DU ROI, un acte en vers, par C. Mendès. 2 »

LE PÉCHÉ VÉNIEL, un acte en vers, par Alb. Millaud. 1 50

LA VRAIE FARCE DE MAITRE PATHELIN, trois actes . . 2 fr.

LE MÊME tiré à 250 sur pap. vergé, avec les portraits . . 10 fr.

(*Dans le format in-16 elzevirien :*) LA FARCE DE MAITRE PATHELIN, texte ancien et nouveau texte . . . . 10 fr.

LA CRITIQUE *de la Visite de Noces*, par H. de Lapommeraye. Un acte en prose. . . . . 1 fr.

PROSE ET VERS

DRAMES ET ROMANS DE LA VIE LITTÉRAIRE, par Saint-René Taillandier 3 50

LA MUETTE (le château et ses désastres), par Jules Janin. 1 fr.

LA LORGNETTE PHILOSOPHIQUE, par Nérée Quépat. 1 vol. tiré à 500 exemplaires sur papier de Hollande . . . . 4 fr.

LA METTRIE, sa vie et ses œuvres, par N. Quépat . . . 3 50

SIAM au XXe siècle, pap. vergé 2 50

LE CANTIQUE DES CANTIQUES, vers, par Numa Bès. . 2 fr.

MAISONNETTE, vers, par A. Campaux 3 50

LES CALVAIRES, vers, par Gilbert Martin 3 50

POEMES ET POÉSIES, par G. Vinot. . . . . 3 fr.

LA PREMIÈRE ABSENCE, lettres en vers, par Élie Cabrol. 12 *Eaux-fortes*. Volume de grand luxe . . . . 12 fr.

COMÉDIES, par Élie Cabrol. 3 *Eaux-fortes*. . . . . 6 fr.

LES BAISERS de *Jean Second*, trad. par V. Develay . . 3 fr.

LES ÉLÉGIES de *Jean Second*, trad. par V. Develay . . 5 fr.

FABLES DE LA FONTAINE ANNOTÉES PAR BUFFON, Ouvrage adopté pour les bibliothèques scolaires. 500 pages 3 50

Imprimerie Jouaust, rue Saint-Honoré, 338.

www.ingramcontent.com/pod-product-compliance
Ingram Content Group UK Ltd.
Pitfield, Milton Keynes, MK11 3LW, UK
UKHW020341230726
13925UKWH00003B/901